Le fantôme de la pizzeria

Histoire inventée par la classe 1-208

Illustrations de Duendes del Sur

Texte français de Marie-Carole Daigle

Je peux lire! – Niveau 1

 SCOOBY-DOO et tous les personnages et éléments qui y sont associés
sont des marques de commerce et © de Hanna-Barbera. (s01)
WB SHIELD: TM & © Warner Bros.

Copyright © Les éditions Scholastic, 2001, pour le texte français.
Tous droits réservés.

Conception graphique de Mary Hall

ISBN 0-7791-1540-6

Titre original : Scooby-Doo! The Pizza Place Ghost.

Édition publiée par Les éditions Scholastic,
175 Hillmount Road, Markham (Ontario) L6C 1Z7

5 4 3 2 1   Imprimé au Canada   01 02 03 04

 Les éditions Scholastic

Un bon jour, lit le .

– Écoutez ça, dit-elle à ,

 et .

– Tout le 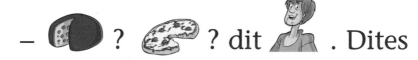 a disparu de chez

Frank, le marchand de 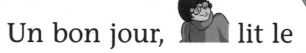 .

– 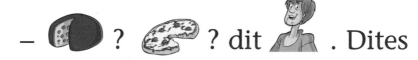 ? 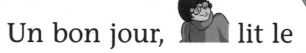 ? dit  . Dites

donc, je mangerais bien un

morceau! Allons voir ce

marchand de 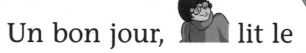 !

Chez le marchand de ,

et ses amis choisissent une .

Frank leur raconte son histoire.

– Chaque jour à la fermeture, un

 vient livrer mon ,

explique-t-il. Or, lorsque je reviens

le lendemain, le a

immanquablement disparu! Moi, je

ne peux pas faire de sans !

– J'ignore ce qui arrive au 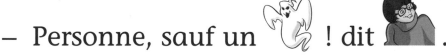,

dit Frank. Chaque soir, je range le

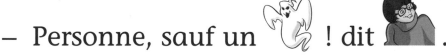 . Puis, je ferme toutes les

et je mets un gros sur la .

Personne ne peut entrer.

– Personne, sauf un ! dit .

– R'wouf! R'wouf! dit  , en se

cachant sous une  .

– Cherchons des indices, dit .

– C'est la seule façon de

retrouver ce , ajoute .

 fait signe que non.

– Le ferais-tu en échange d'un

 ? demande .

 l'attrape au vol.

– Séparons-nous, dit .

 va dans la cuisine.

– Franchement, je dois manger

un petit quelque chose, dit-il.
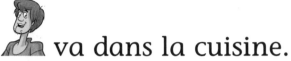 prend des .

Puis, il prend un sac de .

Il prend du .

Et il fait un beau gros dégât.

– Des  ! s'exclame 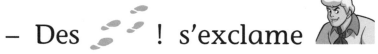.

 suit les .

Il se heurte à .

– Regarde! dit . Une piste de .

 et suivent les et

la piste de .

et se heurtent à .

– Regardez! dit . Une piste

de !

 , et  suivent les

, la piste de et la piste

de .

Ces indices les mènent jusqu'à

la cuisine.

– Que fabriques-tu, 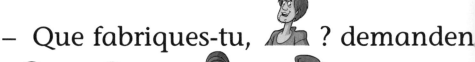 ? demandent

 rougit.

– Je voulais manger quelque chose,

dit-il.

– Où est  ? demande  .

 ne le sait pas.

 a disparu lui aussi. Les amis se

mettent à la recherche de  .

Les amis trouvent  .

Avec son  , il suit une piste

de  !

La piste de  mène vers

un dans le mur.

 regarde dans le .

Des brillants fixent .

aurait-il trouvé le ?

glisse une patte dans

le .

Que trouve-t-il donc?

Des ! Ces volaient

le  !

Frank est content. Il peut

recommencer à faire des .

Il fait même une géante

pour et ses amis!

As-tu bien vu toutes les images du rébus dans cette énigme de Scooby-Doo?

Chaque image figure sur une carte-éclair. Demande à un plus grand de découper les cartes-éclair pour toi. Essaie ensuite de lire les mots inscrits au verso des cartes. Les images te serviront d'indices.

Avec Scooby-Doo, la lecture, c'est amusant!

Le fromage
a disparu!

journal	Véra
Sammy	Scooby-Doo
Daphné	Freddy

pizza	fromage
camion	table
cadenas	fenêtres

fantôme	porte
Scooby Snax	chaise
farine	tomates

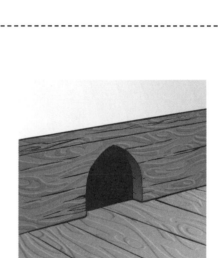

empreintes	pepperoni
trou	museau
souris	yeux